Yf 7652

LE BON
SOLDAT,
COMEDIE
EN VERS.

En 1718.

Le prix est de 20. sols.

Poisson

Y45862.

B

p.

A PARIS,
Chez CHRISTOPHE DAVID, Libraire
sur le Quay des grands Augustins, attenant
la porte de fer de leur Eglise, à l'Image
Saint Christophe.

M DCC XVIII.
AVEC PRIVILEGE DU ROY.

ACTEURS.

Mr. GROGNARD, prétendu Mary d'Angelique.

ANGELIQUE, Amoureuse de Leandre.

JACINTE, Servante d'Angelique.

LEANDRE, Amant d'Angelique.

JOCRISSE, Valet de M. Grognard.

BARBE, Cuisiniere de M. Grognard.

UN CLERC.

UN SOLDAT.

UN ROTISSEUR.

La Scene est chez Monsieur Grognard.

LE BON
SOLDAT,
COMEDIE.

SCENE PREMIERE.

ANGELIQUE, JACINTE.

JACINTE.

L faut au pis aller s'y resoudre;
Madame.

ANGELIQUE.

Quoy, d'un jaloux vieillard je me
verrois la femme ?
Jacinte, nous aimons l'honnête liberté,
Nous serions toutes deux dans la captivité,
Plus de Bal, d'Opera, de Jeu ; de Comedie,
Qui faisoient nos plaisirs.

JACINTE.

J'en suis toute étourdie,
Nous aurons vous & moi diantrement à
souffrir,
Madame.

ANGELIQUE.

J'aime autant me refoudre à mourir
Que mon Pere....

JACINTE.

Voyez fon avarice extrême,
Chez ce futur Epoux il vous conduit lui-
même,
Il vous y fait loger & veut dés aujourd'hui,
Au plus tard dés demain vous marier chez
lui,
Et même fans prier aucun de la famille,
Qui jamais de la forte a marié fa fille ?

ANGELIQUE.

Son pere eft attaqué de la goutte, il eft vieux.

JACINTE.

Que fa goutte remonte on en fera bien
mieux.

ANGELIQUE.

Et Leandre me laiffe au bord du precipice,

JACINTE.

Mais....

ANGELIQUE.

Ceffe en l'excufant d'augmenter mon
fupplice.

JACINTE.

Il peut tout ignorer.

ANGELIQUE.

Dis qu'il peut m'oublier,
Répond-il à ma Lettre ?

JACINTE.

On lui vient d'envoyer,

Jocriſſe l'a portée.

ANGELIQUE.

Ha ! ſi je lui ſuis chere
Qu'il vienne m'enlever dans les bras de
mon Pere,
Qu'il me ſauve de ceux de ce jaloux vieillard.

JACINTE.

C'eſt un vilain magot que ce Monſieur
Grognard.

ANGELIQUE.

Mon Pere le croit riche, & veut que je l'a-
dore,
Il faut feindre d'aimer ce que mon cœur
abhorre.

JACINTE.

Et vous feignez ſi bien, Madame, en ve-
rité,
Que vous ſemblez l'aimer avec ſincerité.

ANGELIQUE.

Toi-même m'as donné cet avis, je l'obſerve;
Et pour plaire à mon pere, il faut que je
m'en ſerve,
Si, dit-il, je ne l'aime avec emportement,
Il me fera finir mes jours en un Convent ;
Vois, pour les abuſer comme il faut que j'a-
giſſe.

JACINTE.

Vous avez un eſprit qui ſe démonte à viſſe.

ANGELIQUE.

Si Leandre hazardoit de venir juſqu'icy.

JACINTE.

Jocriſſe vous dira.... mais déja le voicy.

_____

SCENE II.

ANGELIQUE, JACINTE, JOCRISSE.

JOCRISSE.

IL enrage,
Vôtre papier, je penſe, étoit un ſorcelage,
Il a dit, le luiſant, puis-je croire cela?
Ah diable d'innocent que m'apportes-tu là?
Puis prenant ſes cheveux & la piau de ſa
tête,
Il s'eſt tout écorché d'une force....
JACINTE.
La bête,
Les cheveux & la peau, Jocriſſe n'eſt-ce
pas?
JOCRISSE.
Non la piau, les cheveux, oüi, j'ai veu tout
à bas,
Une tête de viau qu'on écorche eſt de
même,
La ſienne.
ANGELIQUE.
Qu'a-t-il dit? ah ma peine eſt extrême!
JOCRISSE.
Rien. Qu'avoit ce papier donc?

JACINTE.

Des enchantemens ;
Dieu m'a bien aſſiſtée de ne pas voir dedans,
Comme je me ſerois accommodée.

JACINTE.

Madame,
Voicy Monſieur Grognard, je crois qu'il a
 dans l'ame
Quelque chagrin.

SCENE III.

M. GROGNARD, ANGELIQUE,
JACINTE, JOCRISSE.

M. GROGNARD.

Mamour, je ſuis au deſeſpoir
Pour aller à Poiſſy, je vais partir ce ſoir,
Mon frere ſe meurt.

JACINTE.

Bon, excellente nouvelle,
I'en vais faire avertir Leandre.

SCENE IV.

M. GROGNARD, ANGELIQUE,
JOCRISSE.

GROGNARD.

Que dit-elle ?

ANGELIQUE.

Qu'avec vôtre départ vous me defefperez,
Si prés de nous unir ferions-nous feparez.

GROGNARD.

Ce n'eſt que pour un jour,

ANGELIQUE.

Et c'eſt ce qui m'étonne.

GROGNARD.

Mais je ne ſçaurois pas m'en difpenſer,
mignonne,
Tu pleures.

ANGELIQUE.

Si jamais je ne vous avois vû
Que je ferois heureuſe !

GROGNARD.

Hé bien, auroit-on crû
Ce grand amour pour moi, franchement
je l'admire,
Et j'en fuis fi furpris, que je ne ſçai qu'en dire

ANGELIQUE.

Il eſt tard, ne partez que demain, s'il vous
plaît.
Mon fils.

GROGNARD.

Ma Montre est là, voyons quelle heure
il est.

ANGELIQUE.

Va-t-elle bien ?

GROGNARD.

Fort bien, elle est d'or & sonnante.

ANGELIQUE.

Elle vous coûte bien vingt Loüis ?

GROGNARD.

Dites trente.

ANGELIQUE.

Vrayment elle est fort belle.

GROGNARD.

Et bonne.

ANGELIQUE.

Je le croy.

GROGNARD.

Je la mets là, jamais je n'en porte sur moy.

ANGELIQUE.

Enfin, quelle heure est-il ?

GROGNARD.

J'auray du tems de reste.

ANGELIQUE.

Helas ! ne partez point.

GROGNARD.

Ne pas partir, la peste
Il s'agit d'heriter, ce mien frere a du bien,
Et je veux avoir l'œil, qu'on ne détourne
rien.   [cuisine,
Mais avant que partir, mangeons dans la

Un morceau prés du feu, j'ai froid à la
   poitrine,
Mais je me charge icy....

ANGELIQUE.
Qu'eſt ce encor que cela ?

GROGNARD.
Des Memoires. Que veut ce petit drole là ?

SCENE V.

M. GROGNARD, ANGELIQUE,
LE MAISTRE-CLERC, JOCRISSE.

LE CLERC.

JE ſuis le Maiſtre-Clerc de chez vôtre
   Notaire.

GROGNARD.
Monſieur, excuſez-moi.

LE CLERC.
Voilà vôtre Inventaire
Copié de ma main.

GROGNARD.
Vous m'obligez, Monſieur,
Vous écrivez trés-bien, &....

LE CLERC.
Vôtre ſerviteur.

GROGNARD.
Mon homme a vôtre argent, ſi vous vou-
   liez l'attendre.

LE CLERC.
Non, j'enverray demain un petit Clerc le
   prendre.

GROGNARD.

Ma foy je doute fort demain comme aujourd'huy

Qu'il en puiſſe envoyer un plus petit que
luy.

Jocriſſe tiens-toy là, qu'aucun n'entre ou
ne ſorte.

JOCRISSE.

Non, je n'ouvriray pas qu'on ne bucque
à la porte.

GROGNARD.

Quand on y bucqueroit, n'ouvre pas, innocent.

JOCRISSE.

Bien, pas un n'entrera, quand ils y vien-
droient cent.

Par la gueule du ſac, la carogne eſt entrée,

Pal ſanguenne al en tient la chienne eſt
éventrée,

Al n'eſt pargué pas morte, il y falloit
cela,

Qu'alle ronge à preſent.

SCENE VI.

M. GROGNARD, JOCRISSE.

GROGNARD, *ſa ſerviette à la main.*

Quel bruit fais-tu donc là ?

JOCRISSE.

Oh pargüenne, al en tient, Monſieur.

GROGNARD.

Que veux-tu dire ?

JOCRISSE.

C'eſt qu'al en tient, ouvrez, & vous allez
　bien rire,
Si vous ne la trouvez en quatre ou cinq
　quartiers ....

GROGNARD.

Quoy donc ?

JOCRISSE.

Une Souris qui rongeoit vos papiers.

GROGNARD.

Une Souris, où donc ?

JOCRISSE.

J'entendois la carogne,
Cric, crac, cric, crac, cric, crac, al avançoit
　beſogne.

GROGNARD *voulant rentrer.*

Elle eſt morte.

JOCRISSE.

Oh vrayment, hé, Monſieur, s'il vous plaît,
Ouvrez le ſac, voyez en quel état qu'al eſt.

GROGNARD,

Le ſac, ah je crains bien ....

JOCRISSE.

Allez ſur ma parole,
Ne craignez rien, al eſt plus platte qu'une
　Sole,
Six coups de mon bâton .....

GROGNARD.

GROGNARD, *tirant la Montre.*

Hélas ! je suis perdu.

JOCRISSE.

Ah oüi da, pour si peu qu'elle vous a mordu,
Al en a dans les dents.

GROGNARD.

M'en voilà pour ma Montre,
Ah ! que m'as - tu fait là , diable de malen-
contre.

SCENE VII.

ANGELIQUE, M. GROGNARD,
JOCRISSE.

ANGELIQUE.

QUe vous m'avez fait peur, à quoy bon
tous ces cris.

GROGNARD.

C'est pour ma Montre.

JOCRISSE.

Il ment , c'est pour une Souris.

GROGNARD.

Ce malheureux a mis ma Montre de la sorte,
Et croit que tout cela n'est qu'une Souris
morte.

JOCRISSE.

Mais nôtre Serrurier la racommodera,
Donnez-la moy, Monsieur, on la rapportera.

M. GROGNARD.

Un Serrurier ? je veux que dés demain tu
sortes.

B

JOCRISSE.

Il a racommodé des choses bien plus fortes.

ANGELIQUE.

Aussi, pourquoy toûjours mettre vôtre sac là.

GROGNARD.

Qui diantre se seroit défié de cela ?

ANGELIQUE.

Rentrez, vous aurez froid dans cette grande
salle,
Monsieur.

GROGNARD.

Chien de butor, va brider ma Cavale.
Allons donc.

ANGELIQUE.

Je vous suis, allez tout apprêter,
Vous n'avez pas besoin de moy pour vous
boter.

SCENE VIII.

ANGELIQUE, JACINTE.

JACINTE.

HE' bien, partira-t-il ce grogneux ?

ANGELIQUE.

Oüy, Jacinte,

Il se bote.

JACINTE.

Avez vous commencé vôtre plainte ?

ANGELIQUE.

A merveille.

JACINTE.

Il faudra paroître au defespoir
Dans les derniers adieux, Madame.

ANGELIQUE.

Oh tu vas voir,
Ces feints déplaifirs font, étans crus veritables,
Dans un jaloux abfent des effets admirables;
As tu trouvé Leandre?

JACINTE.

Oüy, j'ai fçû l'avertir,
Que vôtre vieil Amant s'apprête pour partir,
Et même en ce moment, au coin de cette ruë
Il a mis devant moy fon Valet à l'affuë,
Pour fçavoir quand Monfieur Grognard dé-
campera,
Et pour fouper icy Leandre fe rendra.

GROGNARD, *derriere le Theâtre.*

Angelique.

ANGELIQUE.

J'y vais.

SCENE IX.

JACINTE, JOCRISSE.

JOCRISSE.

Morgué, cela m'affole,
B ij

Comment diable eſt-ce donc que cecy ſe bri-
cole,

Que ſert ce fer, pourquoy ces brinborions
là,

Pal ſanguenne un licou vaut mieux que tout
cela ?

JACINTE.

Il va donc partir ?

JOCRISSE.

Oüy, mais afin qu'il détale,

Morgué ne ſça-vous point brider une Cavale ?

JACINTE.

Ouvres-luy bien la bouche & mets le mords
dedans.

JOCRISSE.

C'eſt qu'al leve le nez, & qu'a ſerre les dents,

Je ſuis pour la brider, monté dans la man-
geoire,

Al m'a levé la tête, & caſſé la machoire,

Je l'ay pourtant bridée, & il n'y manquoit
rien,

Hors que le fer étoit ſous la gorge.

JACINTE.

Fort bien,

Va vîte la brider de crainte de la touche,

Voicy Monſieur.

JOCRISSE.

Comment luy faire ouvrir la bouche ?

JACINTE, *à part.*

Al ! le vilain boté.

SCENE X.

M. GROGNARD, ANGELIQUE, JACINTE.

ANGELIQUE.

Quoy, vous allez partir?

GROGNARD.

Il le faut bien mamour, tu viens d'y confen-
tir.

ANGELIQUE.

Non, abfente de vous, je ne pourray pas vivre,
Ou fouffrez que je meure, ou laiffez-moy
vous fuivre.

GROGNARD.

Mais, mon cœur, que veux-tu?

ANGELIQUE.

Je veux toûjours vous voir.

GROGNARD.

Mais tu fçais....

ANGELIQUE.

Vous voulez me mettre au defefpoir.

GROGNARD.

Ce n'eft que pour deux jours.

ANGELIQUE.

Deux jours! ce mot me tuë,
Je pourrois me priver deux jours de vôtre
veuë,
Deux jours!

GROGNARD.

Je ne ſçais pas d'où vient cet amour là ,
Car je n'ay rien en moy qui l'oblige à cela.

ANGELIQUE.

Tout eſt charmant en vous , & tout a ſçû me
 plaire ,
Vous le ſçavez fort bien.

GROGNARD.

Non fait , ma foy , ma chere ;
Laiſſe donc pour deux jours partir tous mes
 appas.

ANGELIQUE.

Non , non , ſi je ne pars , ils ne partiront pas ,
Je ne vous quittes point.

GROGNARD.

Mais , mamour , comment faire ,
Tu ſçais bien qu'il s'agit d'une importante
 affaire.

JACINTE.

Vous nous deſeſperez.

GROGNARD.

Cela me fait damner,

ANGELIQUE.

Quoi, ſi prés d'un Hymen , vouloir m'aban-
- donner ?

GROGNARD.

Quand je t'en ay parlé tu ſemblois t'y reſou-
dre.

ANGELIQUE.

Hé, ce moment venu m'eſt pis qu'un coup
 de foudre ;

Oüy, j'ay crû me refoudre à vous laiſſer
   partir.
Mais je vois bien qu'enfin je n'y puis con-
   ſentir.

GROGNARD.

Pour moy je ne ſçais pas où j'ay pris tant de
   charmes,
Je ne puis m'empêcher de répandre des lar-
   mes.

ANGELIQUE.

Quoy ! vous pleurez, mon cher, ah ceſſez.....

GROGNARD.

                 Je ne puis,
Jamais Amant ne fut plus aimé que je ſuis,
Vois-tu ſa paſſion ?

JACINTE.

             Elle eſt trop violente ?
S'il revient dans deux jours, ſerez vous pas
   contente ?

ANGELIQUE.

Non, puiſque ſon départ cauſera mon trepas

GROGNARD.

Hé bien, mon petit cœur, je ne partiray pas,
Tu ſerois triſte, & moy je ſerois à la geſne...

JACINTE.

Vos affaires iront d'une belle dégaine,
Vous ne feriez pas pis s'il étoit vôtre Epoux !
Vôtre menage ira tout ſans deſſus deſſous,
Un mary ne pourra jamais faire un voyage,
Sans qu'une femme ſoit à ſes trouſſes, j'enrage,
Quelle honte !

ANGELIQUE.

Partez.

JACINTE.

Je la confoleray.

ANGELIQUE.

Quand viendrez vous ?

GROGNARD.

Demain, ou je ne le pourray.

ANGELIQUE.

Puifque je me refous à fouffrir vôtre abfence,
Loin de vous fupplier à faire diligence,
Pour ne me plus joüer de fi fenfibles tours,
Au lieu de deux, de trois, prenez huit ou dix
    jours.

GROGNARD.

Je ne puis me refoudre à fouffrir ton abfence,
Je ne partiray point.

JACINTE.

Mais vous rêvez, je penfe !

ANGELIQUE.

Non, non, partez, Monfieur.

GROGNARD.

Ie le veux, prens en foin.
Ie m'en vais donc, mamour !

ANGELIQUE.

Fuffiez-vous déja loin,
Ie pourrois vous revoir plûtôt que je n'ef-
    pere.

JACINTE.

Laiffez-le donc aller, Madame.

GROGNARD.

Adieu, ma chere.

ANGELIQUE.

Il est déja bien tard.

GROGNARD.

Ie gagneray Poissy.

ANGELIQUE.

Mais la nuit vous prendra dans une heure
d'icy.

JACINTE.

Mais la nuit à present n'est pas noire, elle est
blonde,

Puisque le clair de Lune est le plus beau du
monde.

ANGELIQUE.

Faut-il laisser aller ce que j'aime le mieux ?

JACINTE *les separant.*

Ma foy, vous finirez malgré tous vos adieux,

Partez, s'il falloit donc qu'il fit un grand
voyage !

ANGELIQUE.

Ah Ciel !

GROGNARD.

Que nous allons faire un heureux menage.

ANGELIQUE.

Adieu toute ma joye.

GROGNARD.

Adieu tout mon desir.

SCENE XI.

ANGELIQUE, JACINTE.

JACINTE.

IL croit que vous allez mourir de déplaisir.

ANGELIQUE.

Ha, je respire, & bien sçais-je me contrefaire?

IACINTE.

Mais vous avez pensé gâter toute l'affaire,
Vôtre feint déplaisir l'a mis si fort à bout,
Qu'il a, ma foy, pensé ne point partir du tout.

ANGELIQUE.

La feinte étoit fort bien.

IACINTE.

Mais un peu trop poussée,
Pour l'obliger d'agir selon nôtre pensée.

ANGELIQUE.

Enfin, il est absent, pour le coup, respirons,
Et joüissons un peu du bien que nous avons.

IACINTE.

Vrayment vous voilà seule, & n'avez plus de
craince,
Vous allez voir Leandre, & le voir sans con-
trainte.

SCENE XII.

ANGELIQUE, IACINTE, LE
SOLDAT, BARBE.

IACINTE.

Qu'est-ce ?

LE SOLDAT.

Mr Grognard.

IACINTE.

Hé bien !

LE SOLDAT.

Est-il icy ?

IACINTE.

Non, il est en campagne.

LE SOLDAT.

Un ordre que voicy,
L'oblige à me loger cette nuit par Etape.

IACINTE.

A moins qu'on ne coure aprés, & qu'on ne le
ratrape,
On ne vous peut loger.

LE SOLDAT.

Il le faut pourtant bien.

IACINTE.

Etans seules icy ....

LE SOLDAT.

L'on ne doit craindre rien.

IACINTE.

Ie le croy, mais, Madame est une jeune
femme,

Ou va l'eſtre du moins.

LE SOLDAT.

Que fait cela, Madame.

ANGELIQUE.

Comment, que fait cela ? quoy, vous ſouf-
frir chez moy,
Seule.

LE SOLDAT.

Que voulez-vous, c'eſt un Ordre du Roy,
Puis il eſt tard, la nuit ſera bien-tôt paſſée.

IACINTE.

L'honnêté, Monſieur, n'en eſt pas moins
bleſſée.

ANGELIQUE.

Puis-je, mon Accordé, Monſieur, étant aux
champs,
Souffrir, avec honneur, le moindre homme
ceans ?

LE SOLDAT.

Mais, comment voulez-vous, Madame, que
je faſſe,
Ce que vous me devez, je le demande en
grace,
Et tout autre Soldat viendroit brutalement,
Ce Billet à la main, prendre ſon logement,
Mais, j'en uſe par tout avec reſpect, Madame.

IACINTE.

Rien n'eſt ſi chatoüilleux que l'honneur d'une
femme,
Vous le ſçavez, Monſieur, nous avons ce mal-
heur,

Le

Le moindre homme suffit pour ternir nôtre
    honneur,
Et son ombre à present nous feroit du scan-
    dale.

ANGELIQUE.

Je n'ay qu'une Cuisine, une Chambre & ma
    Sale,
On ne peut vous coucher que dans un galetas.

LE SOLDAT.

Par tout où vous voudrez, il ne m'importe
    pas,
Mais mon souper, Madame ?

JACINTE.

Il n'y faut point de Nape,
Nous n'avons pain ni vin.

LE SOLDAT.

La peste, quelle Etape !
La Ville est bonne.

JACINTE.

Mais il est tard.

LE SOLDAT.

J'ay grand faim.

JACINTE.

Barbe vous trouvera quelque morceau de
    pain,
Sans le mary, toûjours la femme se chagrine,
Et pour lors il n'est rien plus froid que la
    Cuisine.

LE SOLDAT.

N'avez-vous point icy d'eau-de-vie, ou du
    vin ?

C

JACINTE.

Oh, non, paſſez-vous-en juſqu'à demain
matin.

LE SOLDAT.

Jamais jeune ne fuſt plus loin de ma penſée,
Que celuy-là l'étoit.

JACINTE.

Là nuit eſt avancée,
Barbe, de la lumiere, & conduiſez Monſieur
Au galetas.

BARBE.

Montez.

LE SOLDAT.

Teſtigué, ſerviteur.

ANGELIQUE.

Je crains....

JACINTE.

Ne craignez rien, la juſtice eſt ſi bonne,
Que l'on n'oſe aujourd'huy faire inſulte à
perſonne.

SCENE XIII.

ANGELIQUE, IACINTE, LE
ROTISSEUR.

ANGELIQUE.

Vois qui heurte?

LE ROTISSEUR.

Bon ſoir,

JACINTE.

Qu'eſt-ce encore que cecy?

LE ROTISSEUR.

C'eſt du Vin & du Roſt que j'apportons icy.

JACINTE.

Vous apportez du vin & du roſt, pourquoy faire?

LE ROTISSEUR.

Pargué, Madame, c'eſt pour faire bonne chere.

JACINTE.

Et qui vous a chargé de l'apporter chez nous?

LE ROTISSEUR.

Le valet d'un Monſieur, qui doit ſouper chez vous.

JACINTE.

Ne vous l'ay-je pas dis, portez dans la cuiſine,

Découvre un peu, voyons.

LE ROTISSEUR.

Vla qu'a-t-il bonne mine!

JACINTE.

Bonne ou mauvaiſe, va l'on te payera bien.

LE ROTISSEUR.

Hé, j'en ſommes payez, je n'en demandons rien.

SCENE XIV.

ANGELIQUE, JACINTE, LE ROTISSEUR, BARBE.

JACINTE.

DOnne donc ton Baſſin à nôtre Cuiſi-
niere.

LE ROTISSEUR.

Le voilà, vous avez deux oiſeaux de Riviere,
Un Levraut, deux Faiſans, trois Perdrix.

JACINTE.

C'eſt aſſez.

LE ROTISSEUR.

Tout cela coûte bien plus que vous ne penſez.

JACINTE.

Tant mieux.

LE ROTISSEUR.

Le plat de Roſt eſt auſſi raiſonnable...

ANGELIQUE.

Hé va, nous le verrons quand nous ſerons à
table.

JACINTE.

Barbe, tenez tout preſt pour le ſervir icy,
Quand ce Monſieur viendra.

ANGELIQUE.

Jacinte, le voicy.

SCENE XV.

ANGELIQUE, LEANDRE, JACINTE, BARBE.

LEANDRE.

Madame, vous voyez ce que j'ose en-
treprendre,
Mais si vous ne m'aimez, que deviendra
Leandre !

ANGELIQUE.

Je vous aime, mon cœur ne dément point
ma voix,
Je crois depuis deux ans vous l'avoir dit cent
fois,
Je vous aime.

LEANDRE.

Hé, Madame, est-ce assez de le dire
Et d'en demeurer là, pour croître mon mar-
tyre ;
Vos souhaits & les miens feront-ils super-
flus,
Montrez que vous m'aimez, & ne le dites
plus.

ANGELIQUE.

C'est dessus nôtre hymen que mon amour se
fonde.

JACINTE.

Voici l'occasion la plus belle du monde ;
Vôtre jalou Amant est parti pour deux jours,

C iij

L'agréable faifon pour les tendres amours :
Madame, mettra-t-on le Couvert dans la
fale,

ANGELIQUE.

Où donc ; vous pretendez me faire un grand
regale.

LEANDRE.

Non, Madame, ce n'eft qu'un fort petit ca-
deau,
Et l'on ne peut icy vous le donner plus beau.

ANGELIQUE.

Jacinte, que je fens de trouble dans mon ame.

LEANDRE.

Ah, Madame, feroit-ce en faveur de ma
flame ?

ANGELIQUE.

Et ma bouche & mes yeux, ne vous l'ont que
trop dit.

IACINTE.

Mais vôtre amour s'échauffe, & le fouper
froidit,
Si long-tems fans manger ; eft-ce eftre rai-
fonnable,
Ne voulez-vous donc pas, Monfieur, vous
mettre à table ;
Dites luy qu'il s'y mette, il veut eftre prié ;
Plus de foupirs, demain vous ferez marié.

ANGELIQUE.

La Porte du devant eft-elle bien fermée ?

JACINTE.

Oüy, Madame, elle l'eft.

ANGELIQUE.
    Je viens d'estre allarmée.

LEANDRE.

De qui donc?

ANGELIQUE.
  D'un Soldat que nous avons là-haut.

LEANDRE.

Par Etape?

ANGELIQUE.
 Oüy.

LEANDRE.
 Dort-il?

JACINTE.
  Il ronfle comme il faut.

LEANDRE.

Quand ces gens soupent bien, ils dorment à merveille,
Et l'on leur tireroit le Canon dans l'oreille,
Qu'ils dormiroient encore. Qu'a-t-il soupé?

ANGELIQUE.
    Luy? rien.

LEANDRE.

Tant pis, l'estomach vuide, on ne dort pas
bien.

JACINTE.
Qui diantre heurte ainsi?

ANGELIQUE.
  Monsieur, quelle est ma crainte!

JACINTE.
Il faut bien que ce soit Monsieur.

LEANDRE.

Va voir, Jacinte.

ANGELIQUE.

Ah, si c'est luy, Leandre, où vous sauverez-
vous ?

LEANDRE.

Je ne sçay, car par-là, tout est fermé sur nous.

IACINTE.

C'est luy-même.

ANGELIQUE.

C'est luy ? que luy feray-je croire ?

IACINTE.

Mais il monte.

ANGELIQUE.

Portez dans cette grande Armoire
La Table comme elle est.

BARBE.

Est-elle grande assez ?

ANGELIQUE.

Oüy, vous dis-je, elle l'est plus que vous ne
pensez,
Cachez-vous dans ce coin, Monsieur.

LEANDRE.

Quoy qu'il arrive....

ANGELIQUE.

Dépêchez-vous, je suis bien plus morte que
vive.

LEANDRE.

Madame, vous n'avez à craindre nulle-
ment.

SCENE XVI.

GROGNARD, ANGELIQUE, JACINTE.

GROGNARD.

JE te surprens, mamour, fort agréable-
    ment,
Tu ne m'attendois pas !

ANGELIQUE.

        Non, j'en suis si surprise,
Que de ce soir, Monsieur, je n'en seray re-
    mise.

GROGNARD.

D'où vient donc ?

IACINTE.

      Entendant que l'on heurtoit si fort,
Nous croyons toutes deux qu'on vous rap-
    portoit mort.

GROGNARD.

Mort !

ANGELIQUE.

A l'heure qu'il est, que voulez-vous qu'on
    croye ?

GROGNARD.

Qu'elle m'aime !

JACINTE.

    Oh !

GROGNARD.

    Mon cœur !

ANGELIQUE.

Ah !

GROGNARD.

Reprens donc ta joye
Mon cœur !

ANGELIQUE.

Vôtre retour m'est un coup de poignard,
Pourquoy s'en revenir puisqu'il étoit si tard
Et pourquoi me donner une frayeur mortelle

GROGNARD.

Mais je ne suis pas mort, tu le vois bien, ma
belle.

ANGELIQUE.

Oüy, mais mon trop d'amour entretient m
frayeur,
J'aime, & je crains toûjours.

GROGNARD.

Mon pauvre petit cœur,
On ne peut pas, je croy, voir dans aucu
ménage,
La femme & le mary s'entraimer davantage

JACINTE.

On feroit tout Paris.

ANGELIQUE.

J'avois déja l'effroy
D'un Soldat qui ceans s'est logé malgré moy
Souffrir un homme icy, seules, en vôtre ab
sence,
Que dira-t-on de moy ?

GROGNARD.

Qu'en dira t-on ? je pense

Que nul n'y peut trouver à redire que moy,
C'est par Etape, & puis c'est par ordre du Roy.
J'ay fortant de Paris trouvé l'Apoticaire,
Qui m'a dit qu'une crife avoit fauvé mon
 frere,
Et je fuis revenu pour fouper, qu'avons-nous?

ANGELIQUE.

Ne vous attendant pas, qu'aurions-nous eu
 fans vous.

JACINTE.

Nous n'avons employé ni broche ni marmite,
Et chacune a, je croy, mangé fa pomme cuite.

GROGNARD.

Mais....

JACINTE.

A l'heure qu'il eft on ne peut rien avoir.

GROGNARD.

Tant pis.

SCENE XVII.

GROGNARD, ANGELIQUE, JACINTE, BARBE, LE SOLDAT.

LE SOLDAT.

JE viens, Monfieur, vous donner le
 bon foir,
C'eft un petit devoir qu'on doit rendre à fon
 Hofte,
Que j'importune icy.

LE BON SOLDAT,

GROGNARD.

Ce n'eſt pas vôtre faute.

LE SOLDAT.

L'ombre d'un homme met Madame au deſeſpoir.

GROGNARD.

La pauvre Enfant n'a pas accoûtumé d'en
voir,
Il faut luy pardonner.

LE SOLDAT.

Ouy, Madame eſt fort ſage;
Le ſeul nom de Soldat, mon habit, mon
viſage,

GROGNARD.

Tout cela luy fait peur.

LE SOLDAT.

Je m'en ſuis apperçû,
Un Cadet fort bien fait...eût eſté mieux reçû.

ANGELIQUE.

Ah, ne le croyez pas, Monſieur qu'allez-
vous dire ?

GROGNARD.

Hé, que crains-tu ?

LE SOLDAT.

Je n'ay nul deſſein de vous nuire.

GROGNARD.

Je le crois fort, Monſieur.

LE SOLDAT.

Pour ſouper, qu'avons-nous ?

GROGNARD.

Rien du tout, dont j'enrage.

LE SOLDAT.

LE SOLDAT.

         Ecoutez entre nous,
Je vais vous découvrir une importante affaire,
Et dans ce même instant vous faire fort grand
    chere,
Mais ne me perdez pas, à vingt ans j'eus le
    bien,
De servir quatre mois un grand Magicien,
Je sçay tout ce qu'on peut sçavoir dans les
    Magies,
Informez-vous de moy dedans nos Compa-
    nies,
Vous sçaurez de quel bois se chauffe Joli-
    cœur,
C'est mon nom & celuy de vôtre serviteur,
J'ay pouvoir sur le Diable, & si je luy com-
    mande
D'apporter promptement dans ce lieu, pain,
    vin, viande,
D'un seul mot tout cela se va trouver icy.
Dites quel Rost vous plaist.

ANGELIQUE.

       Jacinte, qu'est cecy?

LE SOLDAT.

Ne vous allarmez point, je vous feray grand
    chere.

GROGNARD.

De tous ces contes là, je ne me repais guere,
Si ce n'est que cela, je croy, sans vous fâcher,
Que nous n'avons tous trois qu'à nous aller
    coucher;

           D

Car nous ne verrons point ce souper là paroître.

LE SOLDAT.

La frayeur fait passer vôtre appetit peut-être,
Et de tout ce Rost là vous ne mangerez rien.

GROGNARD.

Pourquoy, s'il étoit bon, j'en mangerois fort
bien.

LE SOLDAT.

Il sera merveilleux.

GROGNARD.

Goutons-le pour le croire.

LE SOLDAT.

Demon, qu'en cet instant se trouve en cette
armoire,
Deux oiseaux de Riviere, un Levraur, trois
Perdrix,
Et que ce Rost là soit le meilleur de Paris,
Qu'on ajoute à cela deux Faisans, je te prie.

GROGNARD.

Hé, Monsieur Joli-cœur, treve de raillerie.

LE SOLDAT.

Filles, apportez tout.

ANGELIQUE.

Il me prend un frisson.

LE SOLDAT.

Madame, ne craignez en aucune façon.

ANGELIQUE.

Ah, Monsieur, c'est un Diable.

GROGNARD.

Il n'en a nulle tache,

Et je fuis feur qu'il eft forcier comme une
vache.

LE SOLDAT.

Les verres & le vin, il faut tout apporter.

ANGELIQUE.

C'eft un Magicien, il n'en faut plus douter.

GROGNARD.

Oüy, c'en eft un, j'en vois une marque fen-
fible.

LE SOLDAT.

Voilà dequoy, foupons.

ANGELIQUE.

Cela m'eft impoffible.

GROGNARD.

Et moy je ne fuis pas d'un repas infernal.

LE SOLDAT.

Qui n'en mangera pas s'en trouvera fort
mal.

GROGNARD.

J'en vais manger.

ANGELIQUE.

Et moy.

JACINTE.

J'en mangeray de-même.

LE SOLDAT.

Ca, je vais vous fervir.

BARBE.

Ah ! que Monfieur eft blême.

ANGELIQUE.

Ah, Monfieur eft un Diable, il va nous perdre,
helas !

D ij

IACINTE.

Monfieur eft un bon Diable, il ne nous per-
dra pas.

LE SOLDAT.

Non, non, il eft fouvent des Diables favora-
bles,

Qui dans certains perils fe trouvent fecoura-
bles;

Vous auriez bien fujet d'avoir le cœur contrit,

Mefdames, bien vous prend que j'aye un peu
d'efprit,

Du vin, à la fanté de celui qui nous traite,

Et pour rendre la fefte à mon gré plus com-
plete,

Je vais l'accompagner d'un couplet de Chan-
fon,

Qui vous plaira, je croy, puifqu'il me fem-
ble bon.

IL CHANTE.

Baccus & l'Amour font débauche,
Beuvons à droit, beuvons à gauche,
Ils font d'accord icy tous deux,
Et la fefte n'eft que pour eux,
Quel plaifir de les voir à table,
Qu'avec un peu d'amour Baccus eft agreable,
Et que l'Amour eft divin
Quand il a pris un petit doigt de vin.

GROGNARD.

Je ne vois pas icy que nous faffions débauche,

Vô re Demon voit trouble, ou du moins voit
à gauche;

Ainſi je croy pouvoir dire avec raiſon,
Que cette chanſon là, n'eſt guere de ſaiſon.

LE SOLDAT.

J'en vay chanter une autre.

IL CHANTE.

L'amour vous recompenſe
De vôtre long chagrin,
Profitez de l'abſence
Du vieux faquin,
Du vieux faquin,
Du vieux bouquin,
Du vieux bouquin,
Qu'il perde toute eſperance,
Le gros pendart,
Le ſot bavart,
Le grand braillart,
Le vieux penart,
Trompez tous deux d'intelligence,
Le laid hibou,
Le loup garou,
Le vieux houhou,
Le franc coucou.

GROGNARD.

Hé bien, c'eſt encor pis,
Que voulez-vous donc dire avecque tous vos
ris ?

IACINTE.

Mes ris ! je ne ris pas, Monſieur, c'eſt que je
pleure.

GROGNARD.

Elle pleure à preſent, & rioit tout à l'heure.

Quelle fera la fin de ce defordre icy!
Mais il eft trop certain qu'un Demon eft icy.

LE SOLDAT.

Pour troubler les amours....

ANGELIQUE *s'écriant*.

C'eft pour trouber les nôtres,

GROGNARD.

Hé vrayment oüy, le Diable en fit-il jamais
d'autres?

LE SOLDAT.

Ce n'eft pas encor tout, il faut que vous voyez
Le Diable cuifinier qui nous a regalez.

ANGELIQUE.

Luy ! fi nous le voyons, Monfieur, je fuis
perduë.
(*On fort de table, & on l'emporte.*)

GROGNARD.

Ah ! de grace, Monfieur, privez-nous de fa
veuë.

IACINTE.

Nous verrons, s'il le faut, l'Enfer de bout en
bout,
Mais ne nous montrez point ce Diable là fur
tout.

LE SOLDAT.

Mais comme il eft ceans, il faut bien qu'il en
forte,
Ou par la cheminée enfin, ou par la porte,
Pour la forme, il l'aura telle que je voudray,
Choififfez-là vous-même, ou je la choifiray,
La voulez-vous d'un bœuf, ou d'un homme,
ou d'un diable?

ANGELIQUE.

La figure de l'homme est la plus agréable r
Que comme un tourbillon il sorte de ces
    lieux,
Je tourneray le dos, ou fermeray les yeux.

GROGNARD.

Moy, pour ne le point voir je feray l'un &
    l'autre.

LE SOLDAT.

Tournez le dos, Jacinte, & vous Barbe,
    le vôtre.

GROGNARD.

Moy, je ferme les yeux', & je tourne le dos,
Pour ne point voir l'objet qui trouble mon
    repos.

LE SOLDAT.

Demon tu vas sortir, qu'on ouvre chaque
    porte;
Comment souhaitez-vous qu'il soit vêtu ?

GROGNARD.

               Qu'importe ?

LE SOLDAT.

Prens un habit galant, des plumes, des ru-
    bans,
Quand je battray des mains, sors vîte de
    ceans,
Quitte ta laide face, prens-en une plus belle,
Pour ne point faire peur à cette Demoiselle,
Car tu peux estre veu d'elle & de son Amant,
Et prens garde sur tout d'en user autrement,
Vous le verrez un peu, tournez-vous d'autre
    sorte.

GROGNARD.

Qui, moy ? fi je le vois que le Diable m'emporte.

LE SOLDAT.

Prepare ta fortie, & ne t'arrête pas.
(*Il bat des mains.*)

LEANDRE *paroît.*

Angelique venez-vous jetter dans mes bras,
Suivez-moy tous.

GROGNARD, *feul.*

Ah, ah, quelle voix infernale,
Nul mortel icy bas n'a de voix qui l'égale,
Suivez moy tous. Comment je refte feul icy ?
Angelique, Jacinte, & le Soldat auffi,
Tout eft au Diable, & moy bien plus qu'eux
miferable,
J'ay tort, je fuis mieux qu'eux puifqu'ils font
tous au Diable ;
Angelique, un Demon vous enlève aujour-
d'huy,
Ah ! n'avez-vous point fait quelque pacte
avec luy ?
Un Diable me l'emporte.

SCENE DERNIERE.

GROGNARD, JACINTE.
JACINTE.

ILs sont bien dix ou douze,
Mais le Diable, Monsieur, qui l'emporee,
l'épouse,
C'est Leandre.

GROGNARD.

Il l'épouse, elle qui m'aimoit tant.

JACINTE.

Preniez-vous tout cela pour de l'argent comptant.

GROGNARD.

Ah ! quelle trahison, cela n'est pas croyable.

IACINTE.

Elle vous haïssoit, Monsieur, comme le
Diable,
Je ne suis pas d'humeur à vous déguiser rien.
Et je vous parle franc.

GROGNARD.

Vrayment je le vois bien,
Et pour me consoler encor de cette affaire,
Si la mort me faisoit l'heritier de mon frere ;
Mais tout coup vaille, il faut pour m'éloigner
d'icy,
Reprendre doucement le chemin de Poiffy.

Fin de la Comedie du bon Soldat.

APPROBATION.

J'Ay lû par ordre de Monseigneur le Chancelier *les Pieces choisies de Montfleury*, & j'ay crû que le Public qui en voit encore les Representations avec plaisir, en recevroit favorablement une nouvelle Edition. Fait à Paris ce 5. Aoust 1716.

DANCHET.

PRIVILEGE DU ROY.

LOUIS par la grace de Dieu, Roy de France & de Navarre: A nos Amez & Feaux Conseillers, les Gens tenans nos Cours de Parlement, Maistres des Requestes ordinaires de nôtre Hostel, Grand Conseil, Prevost de Paris, Baillifs, Senêchaux, leurs Lieutenants Civils & autres nos Justiciers qu'il appartiendra, Salut. Nôtre bien amé CHRISTOPHE DAVID, Libraire à Paris, Nous ayant fait exposer qu'il souhaiteroit faire imprimer *Les Oeuvres de Montfleury, contenant ses Pieces choisies de Theatre*, & donner au Public, s'il Nous plaisoit luy accorder nos Lettres de Privilege pour la Ville de Paris seulement; Nous avons permis & permettons par ces Presentes audit David de faire imprimer lesd. Ouvres de Montfleury, en tels Volumes, forme, marge, caractere, conjointement ou separément, & autant de fois que bon luy semblera, & de les vendre, faire vendre & debiter par tout nôtre Royaume pendant le temps de dix années consecutives., à compter du jour de la datte desdites Presentes. Faisons deffenses à toutes sortes de Personnes de quelque qualité & condition qu'elles soient, d'en introduire d'impression étrangere dans aucun Lieu de nôtre obéïssance, & à tous Libraires-Imprimeurs & autres dans ladite Ville de Paris seulement, d'imprimer ou faire imprimer lesd. Oeuvres de Montfleury, en tout ni en partie, ni d'en faire aucuns Extraits, & d'y en faire venir, vendre & debiter d'autre impression que de celle qui aura esté faite pour ledit Exposant, sous peine de confiscation des Exemplaires contrefaits, de mil livres d'amende contre chacun des Contrevenans, dont un tiers à Nous, un tiers à l'Hôtel-Dieu de Paris, l'autre tiers audit Exposant, & de tous dépens, dommages & interêts, à la charge que ces Presentes seront enregistrées tout au long sur le Registre de la Communauté des Imprimeurs & Libraires de Paris, & ce dans trois mois de la datte d'icelles, que l'Impression desdites Oeuvres de Montfleury sera faite dans nôtre Royaume & non ailleurs, en bon papier & en beaux caracteres, conformément aux Reglemens de la Librairie : & qu'avant que de les exposer en vente, il en sera mis deux Exemplaires dans nôtre Bibliotheque publique, un dans celle de nôtre Château du Louvre, & un dans celle de nôtre trés-cher & féal Chevalier Chancelier de France le Sieur Voisin, Commandeur de nos Ordres ; le tout à peine de nullité des Presentes, du contenu desquelles vous mandons & enjoignons de faire joüir l'Exposant ou ses ayans cause pleinement & paisiblement. sans souffrir qu'il leur soit fait aucun trouble ou empêchement. Voulons que la Copie desdites Presentes qui sera imprimée au commencement ou à la fin desdites Oeuvres, soit tenuë pour deuëment signifiée, & qu'aux Copies collationnées par l'un de nos amez & féaux Conseillers & Secretaires, foy soit ajoutée comme à l'Orgiinal : Commandons au premier nôtre Huissier ou Sergent de faire pour l'execution d'icelles tous Actes requis & necessaires, sans demander autre permission, & nonobstant clameur de Haro, Charte Normande, & Lettres à ce contraires: Car tel est nôtre plaisir. Donné à Paris le onziéme jour du mois d'Aoust, l'an de grace mil sept cens seize; & de nôtre Regne le premier. Signé, Par le Roy en son Conseil, FOUQUET. Avec grille & paraphe.

Registré sur le Registre N°. 4. de la Communauté des Libraires & Imprimeurs de Paris, page 44. N°. 56. conformément aux Reglemens, & notamment à l'Arrêt du Conseil du 13. Aoust 1703. A Paris le 28. Aoust 1716. DELAULNE, Sindic,

www.ingramcontent.com/pod-product-compliance
Lightning Source LLC
Chambersburg PA
CBHW061712180626
46818CB00003B/1364